KB136965

소중한 건

마음으로만 볼 수 있어

소중한 건

마음으로만 볼 수 있어

로즈북스

_____에게

이 책이 당신의 마음에
작은 별빛을 더해주길 바라며

목차

마음의 눈

나의 비밀을 알려줄게.

아주 간단해.

그건 마음으로만 볼 수 있어.

가장 중요한 건 눈에 보이지 않아..

행복

만일 네가

오후 네 시에 온다면

난 세 시부터 행복해지기 시작할 거야.

그 시간이 다가올수록

점점 더 행복해질 거야.

네 시가 되면

들뜬 마음을 가라앉히지 못해

안절부절못할 거야.

그러고 나면

내가 얼마나 행복한지 알게 되겠지!

하지만 네가 아무 때나 온다면

나는 널 맞이할 마음의 준비를

언제 해야 할지 알 수 없을 거야.

가까워진다는 것

너는 정말 인내심이 있어야 해.

먼저 나로부터 조금 떨어진 곳에 앉도록 해.

저기 풀밭 정도가 좋겠어.

내가 너를 슬쩍 쳐다보더라도

너는 아무 말 없이 있어야 해.

말은 오해의 원천이니까.

매일 그렇게 조금씩 나에게

가까이 다가와서 앉는 거야.

삶의 빛

내 삶은 매우 단조로워.

나는 닭을 사냥하고

사람들은 나를 사냥해.

모든 닭이 비슷하고

모든 사람도 비슷비슷해.

그래서 조금 지루해.

하지만 네가 나를 길들인다면

마치 내 삶에

햇빛이 비치는 것과 같을 거야.

반짝이는 이유

별들이 하늘에서 빛나는 것은

언젠가 우리 각자가

별을 다시 찾을 수 있도록

하기 위해서가 아닐까?

정성을 다한 시간

너의 장미가

그토록 소중해진 것은

네가 그 장미를 위해

쏟은 시간이 있기 때문이야.

쓸모없는 일

내가 매일 물을 주는 꽃이 있어.

매주 청소하는 세 개의 화산도 있지.

내가 꽃과 화산을 소유한다는 건

어느 정도 도움이 되는 일이지만

당신의 별들에게는 아무런 쓸모가 없네.

빛나는 슬픔

해 뜰 녘 모래는 꿀 빛을 띤다.

그 빛깔은 나를 행복하게 해준다.

그런데 왜 이런 슬픔이 느껴지는 걸까.

슬픔의 크기

어떤 날은 해가 지는 걸

마흔네 번이나 본 적도 있었어!

알다시피 사람은 슬플 때

해 질 녘을 좋아하게 되지.

"그럼 너는 마흔네 번 해 질 녘을 본 날,

도대체 얼마나 슬펐던 거니?"

어린 왕자는 아무런 대답도 하지 않았다.

속박

"양을 묶는다니 이상한 생각이야!"

"묶어두지 않으면 길을 잃어서 어디론가 떠돌아다닐 거잖아."

어린 왕자는 웃음을 터뜨렸다.

"어디로 간다는 거야?"

"어디로든, 앞으로 계속 가겠지."

그러자 어린 왕자는 다소 진지하게 말했다.

"괜찮아. 내가 사는 곳은 모든 것이 다 작아!"

그러고는 조금 슬픔에 젖은 목소리로 말했다.

"앞으로 계속 간다고 해도 그리 멀리 갈 수 없어."

화산 청소

화산은 청소만 잘 해주면

일정한 속도로 천천히 타오르고

어떠한 폭발도 일어나지 않는다.

화산 폭발은

굴뚝 속의 불길과 같다.

물론 지구에서 화산을 청소하기에는

우리가 너무 작다.

그래서인지 화산은

우리에게 끝없이 문제를 일으킨다.

이름

지구나 목성, 화성, 금성과 같은

거대한 행성들에게

우리가 이름을 붙인 것처럼,

망원경으로 보기 어려운

작은 생성들도 아주 많다.

천문학자는 그런 행성 하나를 발견하면

이름을 대신하여 번호를 붙여준다.

이를테면 "소행성 325로"라고.

좋은 싹과 나쁜 싹

어린 왕자가 살던 별에도
모든 별들과 마찬가지로
좋은 식물과 나쁜 식물이 있었다.

좋은 씨앗에는 좋은 식물이 나오고
나쁜 씨앗에는 나쁜 식물이 나왔다.

씨앗은 겉으로 보이지 않는다.
땅속 깊은 곳에서 잠을 자다가
그 씨앗 중 하나가
깨어나고 싶은 마음을 느끼게 된다.

그러면 이 작은 씨앗은

기지개를 켜기 시작하며

태양을 향해 작고 아름다운 싹이

살며시 고개를 내민다.

만일 그것이 무나 장미의 싹이라면

어디에서나 자라게 내버려둬도 된다.

하지만 나쁜 식물일 경우에는

그것을 처음 인식하는 순간

가능한 한 빨리 없애야 한다.

숫자

새로운 친구를 만들었다고 어른들에게 말하면
그들은 결코 본질적인 것에 대해 궁금해하지 않는다.

"그의 목소리는 어떠니?"
"어떤 게임을 가장 좋아하니?"
"나비를 수집하니?"
라고 묻지 않는다.

대신, 그들은
"그는 몇 살이야?"
"형제는 몇 명인이야?"
"몸무게는 얼마나 나가니?"
"그의 아버지는 얼마나 많은 돈을 버니?"
라고 묻는다.

그들은 이런 숫자들로

그 사람에 대해 알았다고 생각한다.

착각

꽃은 연약하고 순진해.

최선을 다해
자신을 안심시키지.

그들은 자신의 가시가
무시무시한 무기라고 믿어.

평범한 장미

난 세상에서 유일한 꽃을 가진

부자라고 생각했는데

알고 보니 그저 평범한 장미였어.

내 무릎까지 오는 화산 세 개.

더구나 하나는 영원히 불이 꺼질지도 몰라.

이것만으로는 멋진 왕자가 될 수 없어.

어린 왕자는 풀밭에 엎드린 채로 울었다.

사랑

수백만, 수천만의 별들 중에
딱 한 송이밖에 없는 꽃을
누군가가 사랑한다면,

그 별을 바라보는 것만으로도
그 사람은 충분히 행복해질 거야.

버섯

난 어느 별에 사는

얼굴이 새빨간 신사를 알아.

그는 꽃의 향기를 맡아본 적도

별을 바라본 적도

누군가를 사랑해 본 적도 없어.

평생을 계산만 하고 지냈지.

그리고 하루 종일 당신처럼 이 말만 반복해.

"나는 중요한 일로 바빠!"

그러면 그는 자만심으로 가득해져.

하지만 그는 사람이 아니야.

버섯이야!

꽃의 말

꽃의 말에는 귀를 기울여서는 안 돼.

그저 바라보고 향기만 맡아야 해.

지구

참 이상한 별이야!

여기는 너무 건조하고

날카롭고 거칠고 냉혹해.

사람들은 상상력이 없어.

누군가가 한 말을 그대로 따라 해…….

내 별에는 꽃이 있었지.

그 꽃은 항상 먼저 말을 걸어주었는데…….

눈물의 나라

무슨 말을 해야 할지 몰랐다.

나 자신이 어색하고 서투르게

느껴지기만 했다.

어떻게 그에게 다가갈 수 있을지

어디에서 다시 그의 손을 잡을 수 있는지

알 수가 없었다.

눈물의 나라는

너무나 비밀스러운 곳이었다.

순진한 장미

나비들과 친해지고 싶다면
두세 마리의 애벌레는 참아야겠지.
나비는 매우 아름다운 것 같아.

나비가 아니면 누가 나를 찾아올까?
너는 멀리 있을 테니까.

큰 짐승들은 전혀 두렵지 않아.
내게는 발톱이 있으니까.

꽃은 순진하게
자신의 가시 4개를 보여주었다.

승인된 권위

"만일 내가 어떤 장군에게 나비처럼 이 꽃에서 저 꽃으로 날아 보라거나, 비극적인 작품을 써보라거나, 바닷새로 변신하라는 명령을 내렸다고 치자. 그 장군이 받은 명령을 수행하지 못한다면 우리 중 누가 잘못일까? 장군이냐, 아니면 나냐?"

"왕인 당신이죠."

"정확해. 각자에게 수행할 수 있는 것을 요구해야 해. 승인된 권위는 무엇보다도 먼저 이성에 기초하지. 만일 내가 나의 백성들에게 바다로 뛰어들라고 명령한다면, 그들은 혁명을 일으킬 것이야. 내 명령이 합리적일 때만 복종하라고 요구할 권리가 있는 것이지."

유일한 존재

내 별 어딘가에 늙은 쥐 한 마리가 있는 것 같아.

밤마다 그 쥐의 소리를 들을 수 있으니까.

너는 그 늙은 쥐를 재판할 수 있어.

가끔 사형을 내려

그 쥐를 죽음에 처하게 할 수도 있으니

그 쥐의 목숨은 너의 판결에 달렸지.

하지만 매번 용서하게 될 것이야.

왜냐하면 그 쥐가 유일한 존재니까.

이중성

사람이 충실하면서도

동시에 게으를 수도 있다.

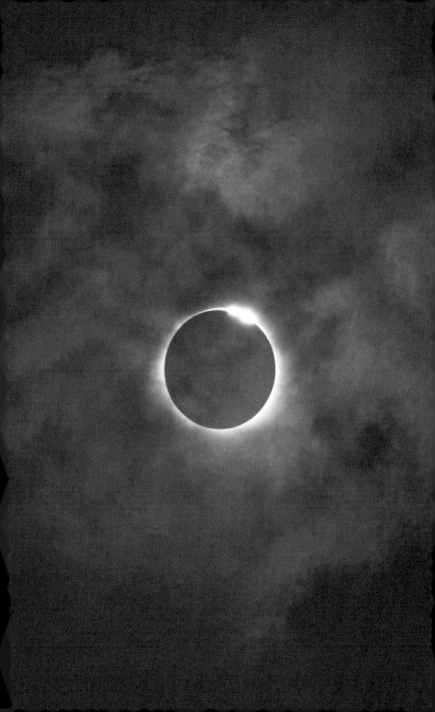

심판

남을 심판하는 것보다

자신을 심판하는 것이

훨씬 더 어려운 법이다.

자신을 제대로 심판하는 데 성공한다면

당신은 진정으로 지혜로운 사람이다.

술

"거기서 뭐 하고 있어?"

"술을 마시고 있어."

"왜 술을 마셔?"

"잊기 위해서."

"무엇을 잊기 위해서야?"

"내가 부끄럽다는 것을 잊기 위해서."

"뭐가 그렇게 부끄러워?"

"술을 마시는 게 부끄러워!"

후회

내 꽃은 순간적인 존재.

세상으로부터
자신을 지킬 수 있는 건
네 개의 가시뿐이야.

그런 꽃을 나는 별에 혼자 남겨뒀어.

그것은 어린 왕자가 처음으로
후회라는 감정을 느낀 순간이었다.

혼자만의 세상

"정말 나를 칭송하니?"

"칭송한다는 것이 무슨 뜻이죠?"

"이 행성에서 가장 잘 생기고, 가장 옷을 멋지게 입고, 가장 부유하며, 가장 지적인 사람이 나라는 사실을 인정하는 뜻이지."

"하지만, 이 행성에는 당신만 있잖아요!"

부자

"별들을 소유하는 것이 당신에게 무슨 가치가 있나요?"

"그것은 나를 부자로 만들어줘."

"부자가 되는 것이 당신에게 무슨 가치가 있나요?"

"새로운 별이 발견되면 그 별을 살 수 있어."

여유 공간

그 사람은 그들 중에서

내가 친구로 만들 수 있었던

유일한 사람이지만

그의 행성은 정말로 너무 작아.

거기에는 두 사람이 같이 있을 공간이 없어.

순간적인 존재

"우리는 꽃을 기록하지 않아."

"왜 그런가요?"

"왜냐하면 그들은 순간적인 존재야."

"그게 무슨 말인가요?"

"금방이라도 사라질 위험이 있다는 거지."

거짓말의 기록

"탐험가가 거짓말을 하면 지리학자의 책에 큰 문제가 될 거야.

술을 너무 많이 마시는 탐험가도 마찬가지고."

"왜 그런 거죠?"

"술에 취한 사람은 사물을 2개로 보거든.

그러면 지리학자는 실제로는 한 개밖에 없는 산을

두 개의 산이 있다고 기록하게 될 거야."

작디작은 사람

지구에서 사람이 사는 공간은 사실 얼마 되지 않는다. 만일 20억 명의 인구가 모임에서처럼 서로 촘촘하게 붙어 서 있다면, 길이와 너비가 20마일인 광장 안에도 들어갈 수 있다. 모든 인류를 태평양의 작은 섬에 모을 수 있다는 것이다.

메아리

어린 왕자 : 안녕하세요.

메아리 : 안녕하세요. 안녕하세요. 안녕하세요,

어린 왕자 : 당신은 누구세요?

메아리 : 당신은 누구세요? 당신은 누구세요? 당신은 누구세요?

어린 왕자 : 제 친구가 되어주세요. 저는 혼자예요.

메아리 : 저는 혼자예요. 혼자예요. 혼자예요,

길들인다는 것

너는 나에게 아직

다른 수많은 소년들과 다를 바 없는

작은 소년일 뿐이야.

나는 너를 필요로 하지 않고,

너도 나를 필요로 하지 않아.

너에게 나는

다른 수많은 여우들과

다를 바 없는 여우일 뿐이야.

하지만 네가 나를 길들인다면,

우리는 서로를 필요로 하게 될 거야.

나에게 넌

이 세상에서 유일한 존재가 될 거고,

너에게 난

이 세상에서 유일한 존재가 될 거야.

착각

그의 꽃은 자신이

우주에서 유일하다고 말했었다.

하지만 여기 한 정원에만 해도

똑같은 꽃이 5천 송이나 있었다!

내 장미

당신들은 아름답지만 텅 비어 있어.

당신들을 위해 죽어줄 사람도 없잖아.

물론 지나가는 사람은

내 장미가 당신들과 똑같아 보이겠지.

하지만 나에게 내 장미꽃 한 송이는

당신들보다 훨씬 소중해.

왜냐하면

내가 물을 준 장미이고

내가 유리 덮개로 씌우고

내가 바람막이로 지켜주고

내가 애벌레를 잡아준 꽃이거든.

왜냐하면

꽃이 불평하거나 자랑하거나

때로는 아무 말을 하지 않을 때도

내가 참아준 꽃이거든.

왜냐하면

내 장미거든.

애착

아이들은 낡은 헝겊 인형에도 시간을 쏟아.

그러다 보면 그들에게 인형은

매우 소중해지지.

누군가 그것을 뺏으려 한다면

아이들은 그만 울음을 터트리고 말 거야.

책임

그걸 잊어서는 안 돼.

네가 길들인 것에 대해서는

영원히 책임져야 해.

길

모든 길은

사람들이 사는 곳으로

이어져 있어.

우정을 파는 가게

이제 사람들은

무언가를 제대로 이해할 시간이 없어.

이미 만들어진 것들을 가게에서 사거든.

하지만 어디에도

우정을 살 수 있는 가게가 없기에

그들은 더 이상 친구가 없는 거야.

친구

죽음을 앞두고 있더라고

친구가 있다는 건 좋은 일이야.

대가

보아뱀은 먹이를

씹지도 않고서 통째로 삼킨다.

그 후에는 움직일 수가 없게 되어

그걸 소화하는 데 필요한 여섯 달 동안

잠을 자게 된다.

끝없는 욕심

사람들은 자신이 어디에 있든

만족하지 못해.

사막과 우물

사막이 아름다운 건

어딘가에 우물을 숨기고 있어서야.

아름다움의 비밀

집이건, 별이건, 사막이건

그것을 아름답게 만드는 것은

눈에 보이지 않아.

정원

당신이 사는 곳의 사람들은

하나의 정원에서

5,000송이의 장미를 키우지만

그곳에서 자신이 찾고 있는 것은

발견하지 못해.

제자리

사람들은 급행열차로 여정을 시작하지만
정작 자신들이 무엇을 찾고 있는지는 몰라.

그러다 보니 그들은 분주하게 움직이고
불안해서 제자리에서 빙글빙글 맴돌고 있어.

별들

사람들은 저마다 다른 별을 가지고 있어.

여행자들에게 별은 길잡이가 되어주고

또 어떤 사람들에게 별은 반짝이는 작은 빛에 불과해.

학자들에게는 연구할 거리가 되기도 하고

내가 아는 사업가에게 별은 금이지.

하지만 모든 별들은 침묵하고 있어.

밤하늘

만약 네가 어느 별에 사는

꽃 한 송이를 사랑한다면

밤하늘을 바라보는 것만으로도

행복해질 거야.

모든 별에 꽃이 피어 있을 테니까

왕

왕에게 있어

세상이 얼마나 단순해지는지 몰랐다.

모든 사람들은 신하일 뿐이다.

절대군주

왕은 자신의 권위가 그 무엇보다

존중받아야 하는 것을 중요시했다.

그는 불복종을 용납하지 않는

절대군주였다.

지루하지만 쉬운 일

그건 규율의 문제야.

아침에 세수를 마친 후에는
자신의 별도 정성을 들여 닦아줘야 해.

그리고 규칙적으로 관심을 가지고
비슷하게 생긴 어린 장미나무와 바오밥나무는
구별이 되는 대로 뽑아줘야 해.

정말로 지루한 일이지만
매우 쉬운 일이기도 하지.

지나친 위험

내가 이 그림에 큰 노력을 기울인 이유는

나의 친구들에게 위험을 알리기 위해서야.

그들은 오랜 시간 피해 왔지만, 이 위험을 알지 못했어.

바오밥 나무

어린 왕자의 별에는 정말 무서운 씨앗이 있었다. 그것은 바오밥 나무의 씨앗이었다. 땅속에는 그 씨앗들이 퍼져있었다. 바오밥 나무는 제 시기에 손을 쓰지 않으면 절대 없앨 수가 없으며, 나중에는 별 전체를 뒤덮고 뿌리가 별을 관통하고 만다. 작은 별에 바오밥 나무가 너무 많아지게 되면 별은 결국 터져버린다

시선의 차이

어른들은 스스로

아무것도 이해하질 못한다.

그런 그들에게 모든 것을

언제나 설명해야 하니

아이들은 정말로 귀찮은 일이다.

어른들이란

나는 어린 왕자가 온 별이 B-612라고 알려진 소행성이라고 확신한다. 이 소행성은 1909년 터키의 천문학자에 의해서 망원경으로 딱 한 번 관측된 적이 있다. 그는 발견한 행성을 국제 천문학회에서 대대적으로 증명했다. 하지만 그의 복장으로 인해 아무도 그의 말을 신뢰하지 않았다. 어른들이란 항상 그런 식이다.

터키의 한 독재자가 국민들에게 유럽식 옷을 입지 않으면 사형에 처하도록 법을 만들었다. 이는 B-612 소행성에게는 다행스러운 일이었다. 그 천문학자는 1920년에 멋진 옷을 입고서 다시 발표했다.

이번에는 모두 그의 말을 신뢰했다.

2만 달러 집

만약 어른들에게 "장미색 벽돌로 만들어진 아름다운 집을 보았는데, 창문에는 제라늄이 있고 지붕에는 비둘기가 있었어요."라고 말한다면, 그들은 그 집에 대해서 아무것도 떠올리지 못할 거야. 어른들에게는 "2만 달러짜리 집을 보았어요."라고 말해야 해. 그래야 "오, 정말 아름다운 집이네!"라고 탄성이 터질 거야.

20억 명의 어른

일곱 번째 행성은 지구였다.

그곳에서는

111명의 왕들

7000명의 지리학자들

900,000명의 사업가들

7,500,000명의 술꾼들

311,000,000명의 자만심이 강한 사람들

2,000,000,000명의 어른들이 살고 있었다.

어른들은
정말정말

너무너무
이상해

놀 수 없는 이유

"나랑 놀아줘. 난 너무 불행해."

"난 너랑 놀 수 없어, 난 길들여지지 않았으니까."

말 한마디

꽃은 어린 왕자가

어떻게든 죄책감을 느끼도록

헛기침을 심하게 해댔다.

어린 왕자는 꽃을 아끼는

진심 어린 마음이었음에도 불구하고

어느새 꽃을 의심하기 시작했다.

대수롭지 않은 말들을

진지하게 받아들이게 되면서

그는 매우 불행해졌다.

어렸던 마음

사실 난 그때 아무것도 이해할 줄 몰랐어!

말이 아닌 행동으로 판단했어야 했어.

꽃은 나에게 향기를 주고 빛나게 해줬어.

나는 도망쳐서는 안 되었어.

꽃의 가여운 작은 술책 뒤에 숨겨진

모든 애정을 짐작했어야 했어.

꽃들은 너무 변덕스러워!

하지만 꽃을 사랑하는 법을 알기에는

내가 너무 어렸어.

더하기

셋에 둘을 더하면 다섯.

다섯에 일곱을 더하면 열둘.

열둘에 셋을 더하면 열다섯.

안녕.

열다섯에 일곱을 더하면 스물둘.

스물둘에 육을 더하면 스물여덟.

다시 불을 붙일 시간도 없네.

스물여섯에 다섯을 더하면 서른하나.

휴! 그럼, 총 오억 백육십이만 칠천삼백삼십일이군.

소유한다는 것

주인이 없는 다이아몬드를 찾으면

그건 네 거야.

주인이 없는 섬을 발견하면

그것도 네 거야.

다른 누구보다 먼저 아이디어를 얻어서 특허를 내면

그것도 네 거야.

나도 마찬가지로 별들을 소유하고 있어.

누구도 별들을 소유하려고 생각한 사람이 없었으니까.

멋진 직업

이 사람이 우스꽝스럽게 보일지도 몰라.

하지만 왕이나 허영꾼, 사업가, 술주정뱅이만큼은 아니야.

이 사람이 하는 일에는 적어도 의미가 있어.

그가 가로등을 켜는 일은

하나의 별을 생겨나게 하거나

한 송이의 꽃을 피우는 것과 같아.

그가 가로등을 끄는 일은

꽃이나 별을 잠들게 해.

그건 정말로 멋진 직업이야.

낮과 밤

"지금 별이 매분마다 한 바퀴 돌고 있어서, 나는 쉴 틈이 전혀 없어. 매분마다 불을 밝혔다가 끄는 일을 해야 하니까."

"참 재미있네! 여기는 하루가 겨우 일 분밖에 안 되는 거잖아!"

"전혀 재밌지 않아! 우리가 말하는 동안에 한 달이 지나갔어."

"한 달?"

"응, 한 달. 30분이니 30일. 잘 자렴."

긴 잠

"네 별은 너무 작아서 세 걸음만 가면 한 바퀴를 돌 수 있어. 햇볕을 계속 쬐고 싶으면 천천히 걷기만 하면 돼. 쉬고 싶을 때도 걷기만 하면 되는 거야. 그러면 네가 원하는 만큼 하루가 길게 지속될 거잖아."

"그건 별로 도움이 안 돼.
내가 인생에서 가장 원하는 것은 잠이야."

축복받은 별

어린 왕자가 말할 수 없었던 것은

24시간 동안 1,440번 해가 지는 축복받은 별을

떠나야 한다는 사실이 아쉬웠다는 것이다.

고독

"사막은 좀 외로워."

"사람들 속에서도 외로움이 있어,"

시야

이렇게 높은 산에서는

한눈에 전체 행성과 모든 사람들을

볼 수 있을 거라고 어린 왕자는 생각했다.

하지만 그는

바늘처럼 뾰족한 바위 봉우리들 외에는

아무것도 보지 못했다.

고통의 시간

너는 좋은 독을 가지고 있니?

아픔을 오래가지 않도록 해줄 수 있지?

어린 왕자는 단 30초면

사람을 죽일 수 있는

노란 뱀 한 마리와 마주 보고 있었다.

마음

난 널 사랑해.

그동안 네가 몰랐던 건
내 탓이야.

하지만 이젠 중요치 않아.
너도 나만큼이나 어리석었어.

행복해지길 바랄게…….

유일무이한 존재

너는 내 장미와 전혀 닮지 않았어.

아직 너는 아무것도 아니야.

아무도 너를 길들이지 않았고,

너도 아무도 길들이지 않았어.

너는 내가 처음 알게 된 내 여우와 같아.

다른 수십만 마리의 여우와 다를 바 없는 여우였지.

하지만 나는 그 여우를 친구로 만들었고

이제 그는 전 세계에서 유일무이한 존재야.

껍데기

여기 보이는 것은 껍데기에 불과해.

가장 중요한 건 보이지 않아.

존재의 가치

별들이 아름다운 건

보이지 않는 꽃 한 송이 때문이야.

불가항력

나는 무언가 대단한 일이 일어나고 있다는 것을 인지했어.
마치 어린아이인 것처럼 그는 내 팔 안에 꼭 안겨 있었지만
이 아이는 나를 벗어나 깊은 심연으로 들어가고 있었어.
그를 막을 수 있는 것은 아무것도 없었어.

그 웃음

다시 돌이킬 수 없다는 느낌에 내 몸은 얼어붙어 갔다.

더는 그 웃음을 듣지 못한다는 사실에 견딜 수 없음을 깨달았다.

나에게 그 웃음은 사막에서의 신선한 물줄기와 같았다.

친구를 잊는다는 것

이 책을 대충
읽는 사람이 없길 바란다.

지난 추억을 기록하기까지
너무 많은 슬픔을 겪었다.

내 친구가 양과 함께
나를 떠난 지는
벌써 6년이 지났다.

여기서 그를 묘사하려 애쓰는 것은
그를 잊지 않기 위해서다.

모두가 친구를 가진 것은 아니니

친구를 잊는다는 것은

정말로 슬픈 일이다.

사라지는 슬픔

당신의 마음속 슬픔이 사라지면

나를 알고 지낸 것을

기쁘게 생각하게 될 거야.

시간이 흐를수록

슬픔은 사라지기 마련이니.

작가 연보

1900년 : 6월 29일 앙투안 드 생텍쥐페리는 프랑스 리옹에서 유서 깊은 귀족 가문의 5남매 중 셋째로 태어남.

1904년 : 아버지가 뇌출혈로 사망. 생텍쥐페리의 가족은 경제적으로 어려운 상황에 처하게 되지만, 어머니는 자녀들을 훌륭하게 양육함.

1912년 : 앙베리외 비행장에서 생애 처음으로 비행기를 타고 하늘을 나는 경험을 함.

1917년 : 학교 기숙사에서 함께 생활하던 남동생 프랑수아가 15세의 나이로 사망. 프랑스 해군사관학교에 입학하기 위해 보쉬에 고등학교와 생 루이 고등학교에서 학업을 이어감.

1919년 : 해군사관학교 시험에서 낙방하자, 미술학교인 에콜 보자르에서 건축을 공부함.

1921년 : 프랑스의 공군으로 입대하여 모로코의 카사블랑카에서 비행 훈련을 받음. 이 시기에 조종사로서의 경력을 시작하게 됨.

1923년 : 비행기 추락으로 두개골 골절 사고를 입음. 루이즈 드 빌모랭과 약혼했으나, 9월에 파혼.

1926년 : 잡지 《르 나비르 다르장》에 중편 소설 《비행사》를 발표. 항공회사 라테코에르에 입사.

1927년 : 프랑스-아프리카 항로를 비행하는 항공 우편 회사 아에로포스탈의 조종사로 활동. 사하라 사막을 비롯하여 다양하고 험난한 환경에서 비행 임무를 수행함.

1929년 : 《남방우편기》 출간. 아르헨티나의 부에노스아이레스로 이동하여 아에로포스탈의 남미 지부에서 일함.

1931년 : 《야간비행》 출간. 이 책은 그가 경험한 다양한 비행 이야기와 철학적 사색을 담고 있으며, 페미나상을 수상함. 그해 4월 콘수엘로 고메즈 카릴로와 결혼.

1935년 : 파리에서 사이공으로 가는 도중 리비아 사막에 불시착. 그는 조종사와 함께 나흘 동안 사막에서 생존을 위해 싸우다 베두인에 의해 구조됨. 이때의 경험이 나중에 그의 작품 《어린 왕자》에 많은 영감을 주었음.

1939년 : 《인간의 대지》 출간. 이 책은 아카데미 프랑세즈의 소설 분야 대상을 수상하였음. 그해 9월 2차 세계 대전이 발발. 공군 예비역 대위로 동원되어 기술교육을 담당하다 2의 33 정찰 비행단에 배속됨.

1940년 : 정찰기 조종사로서 각종 군사 작전에 참여. 프랑스가 나치 독일에 항복하자 미국으로 망명하여 프랑스의 독립을 위한 활동을 이어감.

1942년 :《전시 조종사》영문판 출간. 프랑스에도 책이 출간되었으나, 점령국 독일에 의해 금서로 지정됨.

1943년 : 그의 대표작《어린왕자》가 영역본과 프랑스어본으로 출간. 그해 5월 프랑스 자유군에 다시 합류하여 정찰 임무를 수행함.

1944년 : 코르시카에서 정찰기를 타고 출발해 지중해 상공에서 실종.

소중한 건 마음으로만 볼 수 있어

제 1판 1쇄 인쇄 : 2024년 7월 17일
제 1판 1쇄 발행 : 2024년 7월 17일

원 작 : 앙투안 드 생텍쥐페리
편 역 : 정남주
디자인 : 이혜민
펴낸곳 : 로즈북스
출판사등록 : 2022년 7월 14일 제2022-000022호
주 소 : 부산광역시 해운대구 해운대해변로357번길 5-1 상가동 205호
전 화 : 070-8095-1135
팩 스 : 070-7966-0793
이메일 : rosebooks7@nate.com
ISBN : 979-11-979663-2-3